有雩肆掠

龍青

養一場大雪在詩上

白靈

這是一本黑夜之書、欲望之書，一本關於女性如何藏躲和釋放自身能量的詩集。詩句本身就是巫語、咒語，喃喃叨唸之際，詩的文字似乎就自四周虛空中汲住無盡的能量，自詩集的紙張上一朵朵漂浮起來，準備擊傷一切「來犯」的有情眾生。她是為黑暗洗心、為月為星為情為愛為天地大能守夜的女巫。

該可理解為何此書會取名「有雪肆掠」，雪不只下在千里之外雲夢大澤她家鄉的雪，也是下在十里之外山頭隱隱作痛的鄉愁，更是下在十公分之外枕頭上晶瑩的淚花。它們也具體而微化作長在枝頭長在月色裡肆掠而下的桐花芒花梨花，一切純白的有情之花。而花朵正是天地能量最巨大最恐怖的象徵物，一年四季，管它春夏秋冬，總有什麼花竄出枝頭填滿我們的眼睛，看花人遂為天地宇宙強大繁殖亟須交配的欲望所佔領。於是「有雪肆掠」，其實即「有能量肆掠」、「有情肆掠」、「有欲肆掠」，她是為天為地為世上有情眾生養一場大雪在枝上山上心上詩上之人，而美之以「雪」之名、以「花」之名、以「詩」之名。

以是只要詩人想寫詩，那欲望之「肆掠心頭」就會一如想「肆掠枝頭山頭」的花朵們，永世不會衰竭。

因此，也可理解作者何以會借用波赫士的詩名「循環的夜」當作此書的開卷之作了。只因那充斥天地宇宙間最巨大最恐怖的能量是循環不歇的、自強不息的，來來去去，像龐然無可填補完畢的饑餓，糾纏著所有事物，不只是人而已，人只是可以將之寫出來的唯一生物。因之，「循環的夜」其實即「循環的能量」、「循環的花」、「循環的欲」、「循環的饑餓」，我們的小循環只是更大的循環中的一微小鏈節而已。她是站在自己的小循環上大聲唸咒、以詩嘶喊的女巫，要有情眾生自此醒覺，脫離此環扣而去，雖明知那是根本上盤枝錯節的不可能，不得已，她只能寫下咒語，遂成就了這本詩集。

這也是為何龍青的詩裡有那麼多的夜、黑、影、暗這些字眼了，請問大白天女巫會想「作法」嗎?當然是趁「黑」趁「夜」當「暗」籠罩當「影」四壁游走之時，被「作法」之人才易被蠱惑、身心迷幻、想像力才會豐富起來。這本詩集中「夜」字出現過六十三次、「暗」字出現過四十八次、「黑」字出現過四十七次、「影」字出現過四十四次，皆遠高於「死」字的三十次、「空」字的二十三次、「冷」字的二十三次、「夢」二十一次與「停」字的二十六次、「時間」字的二十二次、「愛」字的十七次、「寂」「獨」字各十八次、「裂」十一次，但「恨」字一次都沒有。從她用字的傾向可以看出，她以暗影模糊一切的黑夜女巫特質了。即以「夜」「暗」與「黑」幾字為例，如下舉詩例：

讓人心痛的古老花園深處
語言已經無法拯救內心的隱痛
夜被緊咬在沉默的嘴中
抖動著，直到
抖動成為黑暗中唯一的聲響（〈循環的夜〉）

在香頌藍的冰冷裡
行走是安靜的，游動是安靜的
攀爬和翻閱也安靜，靜靜
在夜底湧動的微光中
用濕亮的尖叫寫下一行又一行（〈香頌藍的抵達之書〉）

門在背棄之傷中被打開
你書桌前這扇窗，窗後又隱藏著甚麼

不管被世界背棄多少回
黑夜總能將所有撕裂一一縫合（〈再見〉）

上舉三節皆有詭異的像是隱藏了什麼故事什麼能量在裡頭，像藏住負面的必須「緊咬」、「冷」「安靜」、「背棄之傷」的不可見光的「隱痛」在其中，卻又得在黑暗中「抖動」「聲響」、在夜底「湧動」「微光」「濕亮的尖叫」、靠黑夜將「撕裂」「縫合」，不管用什麼方式。這是女性詩人才具有的對「黑」「暗」「夜」的敏銳和基因、也是最能吻住其身心靈的依存與倚靠。

又比如下舉兩小節：

而虛無之外
黑夜也無法拿開的憂傷在土地裡腐爛
手中妳的信箋慢慢變脆、發黃

不忍觸碰的我們的傷口
總是在今夜
被打開（〈寫給永遠的一封信〉）

這是個煩悶的黑夜，等待你的只有一場沉重的賭局。越往前走，空氣越燥熱、塵埃越炙灼。時間分裂出無數的殘渣裡，隱藏著巨大的島嶼，你只能緊緊地擁抱意外。甚至，像狗追逐著骨頭般地，那樣無知。

腳步的回聲、剃刀與黑暗的記憶於是緊密相連，似乎有一隻冰冷的兔子膽小地縮回前足，那麼怯弱地急急奔跑在你面前，又斷然駐足，消失在黑暗之後。（〈附魔者〉）

這兩小段也是隱去了人間多少情節和淚痕，像舔着自己傷口的小獸，無法大聲嚎叫，卻有著世間普在的「憂傷」和「煩悶」，而又不可「觸碰」、只能與「黑暗的記憶」「緊密相連」。龍青說的雖是一己之「傷」和「怯弱」，卻又類同普世皆然的「萬古憂愁」，幸好她能用具體的形象（比如「殘渣裡」有「巨大的島嶼」，比如「黑夜也無法拿開的憂傷在土地裡腐爛」）和優美的文字予以展現，便有了足資徘徊、回味、咀嚼的興味。

但當她寫到下舉三小節時又有了新變化：

黑暗是
一隻浸了千年月光的蟲子

在潮濕的夜裏
爬進你砌了半生的牆（〈黎明〉）

水流在黃昏之後變深，夜
沿著河流向下
於是妳開始穿越河流
用妳發亮的槳

抵達一個不醒的夢（〈致黃昏的隱者〉）

在夜裏吸食你的手指
儘管語無倫次，但我想起南方
想起你豢養的那場雪
一片一片飄在夜裏，微小卻
令人神迷（〈養一場月色在雪裏〉）

此三節的「暗」與「夜」開始有了動感：「黑暗」是會「爬」的「蟲子」「浸了千年月光」；「夜」沿「河流向下」，「妳」以「發亮的槳」「穿越」；「雪」

「神迷」地「飄在夜裡」，而「我」正吮著「你的手指」……。咒語連連，似霧似謎，不欲人清晰地看見，卻有了光亮和出口，像有神跡出現一般，但得當她的欲望和魔法出動時。

其實她的詩都不宜分節分段去讀，而應整首地感受她詩的氣味和氛圍，像不宜只看半場法術和一半的畫軸一樣。她的詩有奇特的整體性，比如下舉這一首〈芒〉：

芒在枝頭扛起朵朵
秋天
瘦弱與豐盈依序起　　落
牽游人的枯寂
漸次趨身
彷若有雪紛沓啊
穿越午後的光
影　迅雷如魚
喑啞的鐘聲
自風的深處流散
……漲潮了……

此詩十一行，首二句就令人眼為之一亮，「秋天」「朵朵」被「芒」「扛起」，形象具體而創意十足。第三句寫其「形態」之「弱」（扛不住）之「盈」（但美極），四五句寫看芒人的好奇和與芒之互動，六七八句寫芒之光影不可捉摸的動感，之後九十兩句寫其於風中互磨窸窣隱微的聲響，卻用「喑啞鐘聲」、「深處流散」予以具象化，將芒林的淒美感受寫得甚是深刻。末句單獨一段，看是突兀甚至不解，其實芒花大片湧動時，其推移感以此簡單一句反而盡得其美，且以點點點前後包抄，整片動感形態反而更為突出。此詩意象流動快速，也正符應了秋芒予人的不可掌握感，一如意識流的推移一般。而意識流似的動態筆法，正是龍青詩作的極大特色。

期待她繼續「有雪肆掠」，養更多場大雪在詩上，養更多場「月光」「在雪裡」，但千萬別把讀者給埋了。也得讓他（她）們看得到大地起伏的形狀，也得讓他（她）們「日」以繼「夜」、「雪」後有「光」有「春」。且讓我們拭目以待她「雪」融後「能量」的爆發方式。

意象，繽紛如雪
——讀龍青詩集《有雪肆掠》

陳朝松

前言：

對於已經離群索居六、七年的我，在每天編寫劇本的忙碌後，還能夠以有限的精神，去重新有系統地閱讀一整本詩集，逐首地玩味其中的情思，也許作品本身的可讀性是主要的因素。

我厭惡被稱為詩人或詩評家，在台灣社會裡，「詩人」頭銜意味著自囚在顛倒夢想的城堡裡，活得很飄浮的那個少數族群；「詩評家」更是個印象式的心得報告者或者類似即興創作的饒舌歌手；因而，這類頭銜往往不是具有加冕性質的桂冠，反而是一種隱性的反諷（recessive irony）。

生長在承平的時代，對於多數詩寫手而言，寫詩一直是最自由且沒有負擔的，如同在陌生的異地裡自在的旅行，享受各種發現的樂趣；雖然有一部份詩人把寫詩當成收入的來源，四處參加各種文學競賽，但無可否認地多數的「詩文本」仍然以它們原本的面貌，只為了表現詩人自身的美感經驗，這個單純的目的被書寫出來。

在這篇介紹文裡，我面臨兩個先決問題：其一、以一個男性詩評者來閱讀女性的詩作，體會「陰性書寫」（L'écriture féminine）所關切議題和特有的語言風格。其二、以美學的觀點審視女性詩人作品裡，屬於女性所特有的或偏重的若干美感經驗和特質。第一個先決問題，我必須「儘可能地」以「女性中心批評」（women-centered criticism）（蕭瓦爾特Showalter，1981）的觀點，「集中注意於女性之進入語言，注意她們選擇詞彙的範圍，注意於表達的意識型態和文化因素」[1]，換言之我得放下批評家的父權思維，從女性的觀點來解讀詩文本裡的陰性特質。第二個先決問題則是，在我以美學的觀點討論女性詩人作品時，我必須淡化「性別」這層因素，從意象、段落乃至主題中，找出比較顯著的美感特色。誠如法國當代符號學家羅蘭•巴爾特（Roland Barthes，1915-1980）所主張的，讀者參與文本，不是為解碼或理解意義，（因為固定意義這個假設本身就是虛幻的），僅僅是在符號之間的關係中沖浪與享樂。所以我們應該要擺脫這種意念，即文學作品能告訴我們文本自身的確切意義，因為它既不被賦予，更不能被找到，只能被讀者感知（體會）、被批評家述說[2]。我試著經由體會，來述說我對於龍青詩作，一些感想。

（一）新世代的群體風格

龍青的詩作，放在台灣女性詩人的格局裡，肯定是一個「異數」。首先，同樣書寫個人的心情，表現自己的美感經驗，她不像多數的前行代女性詩人（如夐虹、席慕蓉），專注於表現浪漫抒情的語言風格；其次，在題材和意象方面，龍青也沒有把自己侷限在「女性主義」的「陰性書寫」，尤其是「凸出女性性徵」，在行間字裡時不時地張掛起女性器官；其三，龍青也不是夏宇的追隨者，開起雜貨店，表現後現代的「多元意指」風情。從這三個主要特徵考察，龍青的詩作，語言風格其實是比較接近「現代主義後期」，揉合超現實和後期象徵派的創作手法，再加入女性詩人的細膩、多愁善感等元素。這類型的風格，就筆者所理解，是屬於逐漸成型的新世代，龍青堪稱是他們之中的佼佼者。然而無可諱言地，這種「群體風格」一方面標示著他們是現代主義和後現代思潮相互碰撞下的出產物，表現出一個輪廓逐漸清晰的新世代特色；另一方面卻也意味著新世代彼此間的差異其實是相當程度地「模糊化」，換句話說，如果把這批新世代詩人的作品錯雜放在一起，它們彼此間由於相似和相近等所產生的混淆情形，不僅增加詩評家的辨識難度，更可能會導致只有集體風格，而個人風格泯滅的「危機」，但這情形在二十世紀的台灣新詩場域裡，並未曾成為一個受到矚目或詩評家關切的問題。

且看以下的三首詩，即使我提供讀者線索，指出這三首詩的作者是龍青、楊佳嫻和馮瑀珊，恐怕各位也和我一樣，不能很有把握地找出正確的作者組合。為什麼讀者會遭遇這樣的情境呢？原因是這些詩文本，雖然題材面向個自不同，但超現實的語言風格卻相當接近，以致於當文本被並置時，個人的風格特色消失了，讀者很難明確指出哪首詩是出自哪位詩人的手筆。感覺就像是不同品名的蕃茄，擺在同一個籃子裡，即使讀者能夠分辨得出來她們的品名分別是桃太郎、聖女、黑柿，但品種上她們都還是叫「蕃茄」，外觀雖有差異，「滋味」卻是差不多。

〈蜃樓〉

被糖粒刺瞎的夢境
可能，她像一株羊齒植物
搖晃著濕潤的語言
在你的夏天裡，輕輕
覆蓋一些無法解碼的陰影
愛情張開層層皺褶
如一朵飽滿的陰戶

向你諭示泡沫蒸發的快感
凝聚磨碎倒臥於自己掌中
彷彿一列推倒的骨牌

捧著失序的銀河
蜃樓從不倒塌
可以穿越它如穿越
一隻鬼魂
下一刻她就在虛構的窗口
兜售荊棘的記憶

躺下。當影子想踩過你
想讓世界凹陷

不必說謊不必練習忘記
乾涸的舌頭再吞不下
任何一枚針尖

〈肌膚的愛情〉

吻我的唇
喘息柔軟的彈性
愛撫我年輕肉身
有傷痕但肌膚細滑
抓牢我的手
踩下懸空的鋼索

夢的體液外漏
一波一波勾引身體律動
恁夜安型也吸收不淨
最深處潮汐氾濫

愛情雋刻在肌膚迴路
惟有你的體溫能開啟密碼
指紋記型以一種殉道的姿勢

然而眼神
眼神卻從未聚焦過

脈搏背叛身體思想暗媾理智
請將我拆食落腹
血祭你亡佚的青春
當你舔舐匍伏前進開發中的高原
餵養你的想望以我豐腴的膏脂
摒除任何可能只有你聽得見的呻吟
拍發比摩斯電碼更艱深莫測的心電感應
我只願跟你的靈魂激情做愛

〈消失在你的注視之後〉

那扇門，消失在你的注視之後

夏日的晨光中
鳥兒逐漸甦醒過來
被死亡喚回的肉體發出陣痛的呻吟
誕生於你的肋骨

吞食你有如長虹般
直抵瞳孔的眼睛
石頭，石頭內部的
痙攣是飛翔的鳥翅傳遞給
天空的信號
然而我要告訴世界，告訴你
隱藏的火種已經被點燃

被投在火中
那些凝視的枝葉以及我們頭頂的星星
燃燒了整個荒野和你身後的大海
越來越高的蒲公英的果實

發出大聲的叫喊
在歌唱著的星體中運行
海妖動人的胴體
像斟滿酒的曲頸瓶滴漏酒液
我們是捲起、拋高的海浪
不停發問的岩石關閉了所有的悲傷
默默地，與秘密的愛一起消亡

【第一首：楊佳嫻，第二首：馮瑀珊，第三首：龍青。】

（二）現代與古典的交鋒

龍青這本詩集，從語言風格和創作手法這兩面向，即使不同的篇章仍表現相程度的統一性，可以視為同一時期的作品集。從題材面向觀察，龍青所關切的議題，比一般女性詩人來得多元些，除了旅遊，別有一些詠物和交友酬唱詩作；語言風格除了超現實、象徵，另外還融會一些新古典的成份，就發展軌跡而言，龍青和楊佳嫻有著幾分相似處，都是擺盪在古典與現代之間。

〈木‧化石〉

竹山，茶林
正在轉黃的溪頭輕輕搖晃
而秋日靜默如蟬的孤寂
靜默如
你斑駁歷史的臉影
如果我是深埋其中的
一個秘密
那麼，我必將安詳地接受
光的侵入以及
歲月的剝蝕

這首詩，意象透露出新古典的婉約典雅：「正在轉黃的溪頭輕輕搖晃／而秋日靜默如蟬的孤寂／靜默如／你斑駁歷史的臉影」，表現手法則兼具現代感：「如果我是深埋其中的／一個秘密／那麼，我必將安詳地接受／光的侵入以及／歲月的剝蝕」，將古典意象以現代（超現實）的手法處裡，融會了古典與現代。

〈童話〉引起筆者注意，這首詩使用仿擬自童話的語言，相當別出心裁。童話裡擬人化手法和孩童語是主要的表現策略。詩裡有著以小烏鴉為主角的敘事架構，這也是童話必備的元素。這首詩在詩集裡顯得相當突出，此類的「仿兒童詩」，國內詩人鴻鴻、黃智溶和羅任玲都曾寫過，但他們是以顛覆原先的童話為前題的後設書寫（meta-write），採取「仿諷」的修辭策略，和龍青這首「仿兒童詩」雖然都是「仿作」，但情調顯然不同，這首詩本質上沒有諷刺成份或顛覆原創文本的意圖。

〈童話〉

星星梳著麻花辮子
看著風悄悄地
咬著一片葉子的小綠芽兒
她們輕聲的說話
「該要開花啊，哪！」
流過一場淚之後，雪房子下
（呀，那可是梨樹的花）

住進一隻愛打盹的小烏鴉
醒著的時候他用小爪抓緊枝椏
「我啊，我啊」
綠便盈漫山谷了
「找個句子毀掉這世界吧！」
惡靈窺視著的眼睛藏在樹洞裡蠢蠢
爬行：「誰也別想活著離去。」

秋風來的時候小烏鴉長大了
他將秋天藏起來
藏在果實裡

新古典意象揉合浪漫主義的情調，使得這類作品表現溫柔婉約的現代抒情曲風。以〈淺風裏的水鄉——訪席慕蓉〉為例，此詩時空場景設定在水鄉，即使時序進入十二月，仍然看得到「荷葉田田」，龍青走訪女詩人席慕蓉，席成長於副熱帶的台灣島，然而她的詩裡心繫故國，那片鳴響著馬頭琴的北方草原。詩裡沒有酬唱詩尋常有的那些露骨的吹捧詞句，只有心意相通下的惺惺相惜。

〈淺風裏的水鄉——訪席慕蓉〉

搖一櫓淺風裏鼓動的水鄉
她的蓮在我的荷塘悄悄綻放
荷葉田田
晶瑩的十二月輕輕搖晃
搖吧，把閃耀在天際的星子
捲曲成一幅傾斜的畫
用故國的水甕盛滿歲月和晚風
在我們耳畔敲響
溫暖的釉色，晃動著河岸旁的聲聲馬蹄
記憶裡的馬頭琴於是
在無涯的草原淺淺吟唱
伴隨著深深的寧靜
以及五百年涉水而來的寒冷
鹿們回眸的哀婉，在月下
嘩嘩的嘩嘩的
搖響，一櫓淺風裡的水鄉

席慕蓉對龍青的階段性影響，是有跡可尋的，諸如〈且讓我們相遇——致愛亞〉的詩題和前舉詩例「以及五百年涉水而來的寒冷」，都有席慕蓉的影子。同樣地，鄭愁予的浪子情懷，對龍青的心靈也有若干撞擊：

〈春天的十四行〉

在湖畔，不能飛絮的
讓我為你編織一束細密的溫柔
那枚小小的痛楚
別在春天柔嫩的髮梢
踏響青石階
踏響一個冷冷夢境，走來

不過，這些影響不會徘徊不去，因為本質上龍青的詩語言，是比較接近現代感的浪漫抒情，使用較多現代主義的表現手法，風格上和席慕蓉表現的「少女情結」還是各自不同的。

（三）冷色調的語言風格

龍青和台灣詩壇的淵源不深，創作的道路上自然就沒什麼歷史包袱，受到前輩抒情詩人（如席慕蓉、敻虹等）的影響有限，與同輩間雖有頻繁互動，但是她在大陸時期的生活閱歷和較大格局的視野，使得她不那麼容易受到台灣島上同輩女性詩人們（如夏宇、顏艾琳、羅任玲、楊佳嫻）的影響，儘管就表現現代主義的風情這點來考查，龍青的詩語言和情調介於羅任玲和楊佳嫻之間，有若干的重疊性。

龍青的許多詠物和遺懷詩作，語言表現出冷色調的風格，給讀者的感覺不是熱情淋漓的，而是含蓄冷靜，類似司空圖〈沖淡〉所云的「遇之匪深，即之愈稀，脫有形似，握手已違。」，那種若有似無，「道是無情還有情」難以捉摸的情境。

〈劇——寫給存在以及……〉（節錄組詩首組）

（一）

Ctrl+c

時間在井底冰涼了
黑暗的時間

宿醉誕生的前夜，目睹
成為一種生
不如死的苦痛

〈葉的獨白〉

打開自己，如同
打開一本荒涼的書
你淒清的眸光所經過的
是淺秋樹葉的掉落
和漫長冬日貧瘠地靜俯
「我已失落多時」
你的步聲悄悄載來你的影子
留下足印吧
撿不起任何的文字
請你——
轉身離開

腐化成泥呵，來春
我願
是你最濃郁的鄉愁

〈秋天的十四行〉

踩著自己的影子經過自己
以蛇的喧嘩
以蘋果圓熟的誘惑
光與影的媾和
吞噬靈魂最底層的欲望
所以，秋已經漸漸深了
黑夜濃密地滑行
揉皺了一張遠方的臉
你的聲音以樹葉的方式落下
你便升起

線條狀的青空
垂下整個世界的黑暗
我欲推窗，向你走去
走向蒼茫的回音裡

在龍青的許多詩作裡，不時出現一些冷色系的意象，如「青空」、「幽藍」，以及「死亡」、「冰冷」、「失落」、「貧瘠」、「荒蕪」、「黑暗」、「蒼茫」這類具有負面情緒色彩的詞彙，讀著她的詩句，感覺就像冰冷的奔泉流過周身，寒意侵入肌骨，令人打從心底透涼。又如：

〈沓夏〉

山口敞著大把的綠
野得夏天瘦如一把枯骨
皺褶在你的眉間不曾舒展
堅硬的石頭
柔軟的乳房

以及，無法觸碰的細枝末節
牴觸一場撲打著翅膀靠近的雨
牴觸著一切

可以構成媾和的赤裸和孤寂
死亡如薄冰
生存更如刺骨冰凌
隱密成為不可擋的城牆
誰的馬聲沓沓

即便題材是書寫夏天，龍青仍然可以把夏天的場景，想像為彷彿置身在「西伯利亞」那種冰冷孤苦的情境，「野得夏天瘦如一把枯骨／皺褶在你的眉間不曾舒展／堅硬的石頭／柔軟的乳房」，後兩句的強烈對比，透露出現實生活裡，堅硬如石的挫折，以及詩人內心如乳房般的柔軟，詩人由於體會到自身的「赤裸和孤寂」，於是悲觀地說出：「死亡如薄冰／生存更如刺骨冰凌」這類的話語。

讀完龍青的詩，恐怕多數讀者和我一樣，很難有好心情，因為讀她的詩行，不出三句兩行，往往會和負面的情緒語彙相撞，然而，這樣的冷色調詩風格，卻會驅使讀者暫停下來，掀開愁緒的字面簾幕，去思考或玩味詩句背後的深層語意，反省一些本質的事物，比方愛情、生命的意義和生活的目標。

附註：

1格雷．格林、考比里亞．庫恩合編《女性主義文學批評》；陳引馳譯，台北：駱駝，一九九五年，頁二一六。

2朱立元、李鈞主編《二十世紀西方文論選》（下冊），北京：高等教育，二〇〇二年，頁一二九至一三二。

目次

輯三 浮水印

輯四 原本不在的島嶼

輯五 時間的偽十四行

輯一　寫在水面的荒蕪

當第一抹月光撒落水面
我靜靜地隱略呼吸
所有對黑暗的預言，在
漫長的凝望中逐漸荒蕪成
你的背影

循環的夜

不覺察地，天越來越黑了
而我總是這樣，讓濃暗的黑如此迫近我
迫近我緊閉的窗與心靈
在田野裡靜靜地死去，Juan Ramón Jiménez
讓人心痛的古老花園深處
語言已經無法拯救內心的隱痛
夜被緊咬在沉默的嘴中
抖動著，直到
抖動成為黑暗中唯一的聲響

就像月光輕灑的水面
某個進入的角度總讓我回味起
生長在你氣息之中的草莖
藤生蔓長
它使我變得沉默與馴服
陰暗的決心與巨大的瘋狂
在它的暗影之下劇烈晃動

切斷與整個世界的關係之後
我沉睡著
存在讓黑暗佈滿了危險
我的身體隱沒其間
輾過時間的馬車上傳來
Borges的吟哦
「我不知道我們是否也將在第二個輪迴時
歸返，一如循環小數裡的數字

但是我知道畢達格拉斯式的模糊輪旋
夜復一夜，將我遺留在世界某處。」

*延伸閱讀：
胡安・拉蒙・希梅內斯（Juan Ramón Jiménez）：古老的花園
波赫士（Jorge Luis Borges）：循環的夜——致雪維也納娜・布瑞奇

香頌藍的抵達之書

在冰冷的香頌藍裡游著
冰冷的光隱隱靠近
它隱隱拍打著
拍　著　妳
　打　拍　著
　　打

(vous n'en sortirez pas vivant)

冰冷的香頌藍終止的地方
死亡朝向島嶼和

那些比死亡更尖銳的礁岩
礁岩的縫隙中，光隱隱潛入
妳裸露的軀體
死亡不知道，香頌藍也不知道
妳的身體就是道路
妳的身體就是水域
妳的身體
就是一座山
是一本關於死亡關於美的末世之書

（vous n'en sortirez pas vivant）

在香頌藍的冰冷裡
行走是安靜的，游動是安靜的
攀爬和翻閱也安靜，靜靜
在夜底湧動的微光中

用濕亮的尖叫寫下一行又一行
（vous n'en sortirez pas vivant）
（妳不會活著離開）

寫給永遠的一封信

催促我們離開的
是深藏在草叢裡的憂傷和
匍匐地面驚魂不定的風

有雨，淺淺淡淡地
打濕了落花的影子
妳的信箋隨著河流的嗚咽聲
再一次被錯投了地址
但我知道
妳仍不倦地為他書寫著

搖擺不定的風
歪斜了我們的雨傘
關掉一盞黃昏的燈火
我含淚望著妳穿過一扇門
穿過一扇窗子
而虛無之外
黑夜也無法拿開的憂傷在土地裡腐爛
手中妳的信箋慢慢變脆、發黃
不忍觸碰的我們的傷口
總是在今夜
被打開

附魔者

所有的燈都關著，哭泣被置入音樂盒，附上乾萎的玫瑰花瓣和釘在紙卡上的蝴蝶屍體，運送到某個渡口。

你幾乎要觸到遠方的手指了，那些瓶瓶罐罐、漏斗、濾嘴、水管……玻璃杯，夢境中的器皿在製造的過程中被分解的一聲咳嗽震出裂紋。你的渴望在痛苦裡發抖，狗吠聲接近令人恐懼的巫語，你在卦牌之上看到命運之輪推開懸吊者的身體，自故鄉趕來。

這是個煩悶的黑夜，等待你的只有一場沉重的賭局。越往前走，空氣越燥熱、塵埃越炙灼。時間分裂出無數的殘渣裡，隱藏著巨大的島嶼，你只能緊緊地擁抱意外。甚至，像狗追逐著骨頭般地，那樣無知。

腳步的回聲、剃刀與黑暗的記憶於是緊密相連，似乎有一隻冰冷的兔子膽小地縮回前足，那麼怯弱地急急奔跑在你面前，又斷然駐足，消失在黑暗之後。

而飄過床頭的白色水母於是慢慢地浮游著，你的肉體持續下潛。附魔者，在虛無填滿之前，轟轟然發動了這場裸露的戰爭。

再見

說再見的時候，起風了
黑夜撕裂整片熟睡的樹林
樓梯口的燈還亮著
你喘著氣，與失去心跳的
影子一同攀爬

門在背棄之傷中被打開
你書桌前這扇窗，窗後又隱藏著甚麼
不管被世界背棄多少回
黑夜總能將所有撕裂一一縫合

「再見，再見」
明日的列車將按時駛來我守候的月台
過了今夜
尼采將自「永劫回歸」

十二點鐘

十二點鐘，你從窗口離開
抵死的顫動
與時間終點的衝刺
都隨著你的離開消失了
深綠的樹枝穿過巷弄的陰影
幾乎淹沒了視線的陰暗處
獵物與捕獵者
追尋著荒蕪與再生的驚奇
殘敗的速度如此緩慢
洶湧的浪濤在我的喉嚨裡拍打

不能叫喊出聲
這莫名的折磨正要結束
我的不穩定在清醒中轉移
誰以黑暗之名
密封了我們的命運
誰以罪衍的雙唇
打開我們狩獵的秘密

你離開的時刻
我集結所有堤岸翻揚的浪潮
搜尋一盞海上的燈火
翻覆在泡沫中
救援的船隻
正經過顫抖不已的十二點鐘

時間停了

時間停止了
遺失在時光河流裏的紫色絲絨
緩慢地被流水運送到我們
的岸邊

只剩下過去的空氣
寬廣的荒野
乾涸的防波堤
堤防石壁上的塗鴉仍舊
笑著喘著氣
翻身爬上那堵老牆

我們的時間停了
時針精疲力盡地垂著頭
沒落的村莊
飄著炊煙的舊瓦房
你倚靠過的電線桿
釣過蝦的泥塘和
記載著我們歡笑的小石橋
在秒針的尾端
飛快地閃過

比崩潰還要感傷的分針
停在我們的幾時幾分
遺失在時光河流裏的紫色絲絨
緩慢地，緩慢地
被運送到我們的岸邊

消失在你的注視之後

那扇門，消失在你的注視之後
夏日的晨光中
鳥兒逐漸甦醒過來
被死亡喚回的肉體發出陣痛的呻吟
誕生於你的肋骨

吞食你有如長虹般
直抵瞳孔的眼睛
石頭，石頭內部的
痙攣是飛翔的鳥翅傳遞給
天空的信號

然而我要告訴世界，告訴你
隱藏的火種已經被點燃

被投在火中
那些凝視的枝葉以及我們頭頂的星星
燃燒了整個荒野和你身後的大海
越來越高的蒲公英的果實
發出大聲的叫喊
在歌唱著的星體中運行
海妖動人的胴體
像斟滿酒的曲頸瓶滴漏酒液
我們是捲起、拋高的海浪
不停發問的岩石關閉了所有的悲傷
默默地，與秘密的愛一起消亡

白卷

石階上的暑熱有些退了
落日驚醒了風
和整條街的綠茵

妳在快速翻滾向憂鬱的黑裡
探訪一種未知的可行性
猜度、接觸與磨損
都有一顆不強壯的心臟
生是寂靜死
是懸疑的索居與悲傷

輪迴從來沒有停過，如同
妳以絕望入詩
而沉默的白才是真正醫妳的藥
天地闊大如一張無字的白卷
腐爛與重生都無法在其間留下足跡
而妳，將以什麼名義來推翻自己

你離去那條街

你離去時，行道樹一棵一棵
在陰暗的街角乾枯
失去水分的地帶，鹽和鹼
質地堅硬地染黃了秋天以及
那條街和街邊的樹

飄落的葉，將我的疼痛引向
黑暗的根部
我聽見聲音不可逆轉地
捲曲你陌生的記憶
那些葉脈在奮力向上掙扎

但，如何能遠離飄落的命運
枝頭和根
哪一個才是你真正的故鄉

我在你的遠離中感受到孤獨
那條街，依然潮濕著
你深深紮根的那個秋天
我一點一點地成為
一棵像你的樹

直接

有沒有一條橋，可以直接
通往你的心口
我是島嶼和
連結著你島嶼的
暗黑河流

靈魂的氣體
是低飛過異鄉人上空的一首詩
要經過多少年的波折
才能在你的領域
形成我的颶風

無法徒步穿越你的土地
北方的稻田
南邊的蓮
一雙孤苦與疲累的大手
如何耙開所有的根莖

於是（流淚），只能流淚
讓一片淚的葉子在夢裡
完成一個家園
讓一隻禿了的筆
在橋的這一端
寫下跨越，深淵

左邊的幸福

我們總在密合的懺悔之中挖開罪責的隙縫
彷彿床頭你漸漸轉熄的檯燈
暗了些，更暗了些
黑暗的區塊逐漸深重地覆蓋著我們的肉身
每一逐漸失光的挪移都讓我備感疼痛
關於罪孽，關於一條進入便是傷害
便是，極力抵達死之纏綿的路

我想像你左手上的傷是我靜止的翅膀
當你只能用右肩依託我用右臂環抱我
我注視著鏡子裏不動的左翼

一動不動的疼痛牽制著
虛構的幸福與，一種隱蔽的敘述

在不需要任何光線的空間
我們用指端觸摸死亡的本質，我們
在死亡的本質裏深深感動並且
反覆上升至
再也無法深入的榮光中去
那樣遼闊的親臨與目睹讓
我們糾纏如蛇兇狠如狼矯捷如豹瘋狂如獅

無法觸及無法到達無法想像的猛烈搖晃在
長久的折磨之後嘎然而止
隱藏著絕望的躲避你轉向失去知覺的左側
毀壞於是徹底而悲傷
而我注定不能倚靠你左，成為
想像中瘋長的，你的幸福

繁衍

總有腳步聲，自
覆滿青苔的石板路上傳來
零碎又敏感的
夜，總是吸足了遺忘的水泡
讓屬於深海的愛
能夠換氣

一條繩索從這頭到那頭
掛起一條陰鬱的笑容
晴朗時總是適合曝曬些什麼的
在愛發霉以前，結痂以後

而我沉默

你一次次地寫到雨，在
你詩裏，雨比黑暗中的光線
來得更為稠密。我也曾有過
雨裏撐開一把傘的疲累與憂鬱
如果，你只是習慣一個人
穿過一條隧道
讓影子甦醒

當沉默走近，我們所依賴的
記憶復活，那些栽種在道旁的

樹們陡然高了遠了
你仍在這場雨裏想像
世界正在撤離
行走的雙腳，退化的鰭
漂浮或者划動，到底哪一種
更適合這場雨

我們並不相識，「我是另一個人」
風從我們身上踩過，彷彿
眼前的山垣一端向另一端折回谷底
而我總是不慣於描述，這場
構成你孤獨的雨

輯二　豢養一隻關於流浪的貓

忽然忘了將在何時啟程
這城市壅塞的街頭
陽光如貓般，總在
練習　如何離開

他者之城

「我幻想你需要我，像需要一隻鐘／我使你精確，使你自知／
有另一種生活，不是鐘」

一

風是靜止的，我們在飛
躺進中央山脈臂彎的鐵軌
載著春天
將太平洋的浪投遞在岩石上
稻谷的綠意引領田隴深處的放歌
鳥翅煽動藍色天空

隨時會走失的雲挪移著，那麼輕
彷彿你也在其中

二

掏空一片樹葉
風秤著影子的重量
把我打開的，是理想的尖頂之上
站立著的生命
所有的耳朵都在傾聽
傾聽陽光和季節之間的秘密
輕輕折斷的草莖聲
捎來一封遠方的信

三

我已不能阻止
已不能大聲地喊出——不

如同一片浪親吻著另一片浪的嘴唇
回聲穿過午後的時間廊
某些深遂可怕的眺望
正使一座鐵鐘復甦，而山沉寂
山總是如此，它悲傷
卻從不言語

四

不去更遠的水湄
我們與黃昏比肩
搖曳著水草的河岸
深淺不一的花呼喚著
四處蔓延的綠
我們的眼睛耽溺於這延誤了永恆的美
呼吸繁茂以及繁茂之後的毀滅
呼吸吧，呼吸現在

五

當黑暗佈滿水草
夜的樹枝便歇滿了謊言
沉暮的纖手解開纜繩的時候
槳聲是投注在應許之河的一瞥
緩緩駛向橋頭的燈影
抽打著河面
每前行一步，就必得
和糾結的九重葛——重重地照面

飄著裙子的東眼山

山間

豐滿山間的濃霧撲滅了幾盞晨間還醒著的燈火，遠山沉沒了，藍色波浪與礁石的縫隙之間，一縷微薄的光線硬鑽了出來。風掠過，潮溼又溫潤地吸吮著髮絲，我們的歡笑成為黑森林裡舟的剪影。十一月，該是船靠向岸的季節，整座島嶼散發出深秋特有的鹹溼氣味，連林間都不例外。我在經過的轉角擺放杉樹的枯枝，若箭頭能成為指標，貪戀美景的後來者必會跟上我們的步腳。

化石區

星子在你醒來之前便悄聲無息地走了，過往的巷弄裡還遺著幾盞零星的燈火。時光投射在比昨夜更深重濃稠的痕跡之上，吐著蛇般的紅信。曾經的山如今是海，海底便長出山來。你說，我是藻類，我是魚蝦，我是貝；我是所有生命的痕跡，所有曾經鮮活靈動的記憶。你靜靜地檢視著從你面前經過的遊客，我在明媚的陽光下感到飢餓，我的眼睛一吋一吋地吞食下一整個的悲傷。

小米酒

你說，愛比死更冷。在秋冷的月光中我躬身向你，請，不要懷疑我悼念的真誠，請——你。即便只是一顆荒野裡的碎石，一捧游過掌中的水波，我與你，如同林間枯木與乾涸河床的相似，如同黑暗裡貓與幽靈的相似。你在我體內寫下一道不可解的方程式，那麼絕望地將紅暈印上我的臉頰，印上我的脖頸。你隨意摺疊起我的軀體，你不許，不許我趁著夜，吐出任何一個字。

也是五月雪

桐花

花開時
天微微亮
樹葉沙沙地
篩下一瓣一瓣
輕悄悄的落花聲
雨在早上被吵醒了
惺忪地聳起眼睛
風打一個噴嚏
你輕輕地喊

旅人足下
花哭了

吉祥樓

迷路的餐盤擺在山的胸前
擁擠高分貝嚷嚷
多吃點上菜
不斷飛向屋外的目光
哽在油膩的喉嚨
拼命敲打
劈頭蓋臉的這場雨
竟比剪刀還利
誰的雨傘遺失了

福軒

橫陳在深山的一抹
美人眼尾的煙薰
縫隙中
葉子在黑裡張開了眼睛
兩條魚在凌晨被捕
針對一些最無緊要的話題
一朵花
戴著眼罩偷聽

夜螢

逆著光亮的方向
妳用笑聲
滴醒了
一群惺忪的表情

珍藏在掌心的溫度
什麼都沒有留下
飛吧

琉璃女子

不可預期的
妳停歇在樹下
徐徐
展開的易碎暗綠
將難得一見的陽光
輕輕咬在嘴裡
宛若風掠過
樹葉發出的輕響
妳的裙接壤別人的風景
儘管記憶是一盞

滿是塵土的燈
妳絕不是插畫，妳是傳奇

綠葉方舟

摺疊一隻綠色的蜻蜓
綠色的眼睛
於是，五月笑了
雨加雪呢
我凝視著你
含笑
一字一句飲盡

龜，山，島

一、島

浪簇擁著
龜將軍斜帶官帽
打著長長的呵欠
「週休二日，是誰
攪擾本官清夢？」

二、船

一柄名曰「莫邪」的寶劍

三、鯨豚

陰鬱的洋面跳出一隻
兩隻
飛魚的背脊

鯨豚無歌

四、錨

「沒見過長在雄器上的錨吧？
跟你說這叫藝術，藝術！」

五、鴿子

以爪測量重疊的欲望
島在四月的風中

踱步

六、砲台

伸長向遠方的
不是直線與虛線交錯的
塗改與篡奪，而是
隱身於任意門中的深情眺望

芒

芒在枝頭扛起朵朵
秋天
瘦弱與豐盈依序起　落
牽游人的枯寂
漸次趨身
仿若有雪紛沓啊
穿越午後的光
影　迅雷如魚
暗啞的鐘聲
自風的深處流散

……漲潮了……

那一簇彼岸花

偏要隔岸觀火
偏要
將身清挺在石隙中
摺疊古舊的
那一句
最是溫柔

赤身酣臥的樹下並非
皆是菩提
彼岸潮聲如市
你將眾生之像凝鍊如袈裟

披掛
靜靜，於瘦骨支撐整片青空

清泉印象

一

風把回聲釘入大地體內的時候
每片落葉，都想要擁有自己的地址
在如此虛空的他處
成全和陪伴
擁有什麼身分
暗沉沉的窗戶裡，幽禁成為歷史
黃昏因遊人的屏息而醒著
黑白照片靜冷的語詞

帶我進入別人回憶裡遊盪的文字
在他們自己的世界裡探身看我
翻過去吧
我的手指遲疑在最後一頁
夾在兩頁時光之中的
「白首偕老，生死與共。」
成為一盞燈，成為唯一
能夠抵擋你的理由

二

在墜落的速度裏沉睡
每片葉子，每朵浪
綻放每一個傾聽
向我駛來。那是妳的船隻
帶著妳的熱烈和悲傷
帶著我，造訪妳最後的地址

我走過爬滿新綠的草地去看妳
吊橋那頭的小木屋
妳如野花漫過遊人的腳背
雨一直下著，它總是不懂拒絕
也不懂得妳
那麼道別這個渡口吧
我在某個字眼裡沉入等待的過去
那個等待情人的女子，揮手作別的過去

黃昏是一朵藍藍的鳶尾花

黃昏是一朵藍藍的鳶尾花
飄過我們的頭頂
遙遠的村落
呼喚著自己乳名的炊煙
匍匐在群山腳邊
繞過一縷綻放著橘子花芳甜的風
在葡萄青嫩的竹籬下
你的眼睛向我描繪土地，
落日和大海
春天的氣息拍打岩石的時候
我坐在你身畔，靜靜地

循著掌心的溫熱去找尋
故鄉的影子和
所有
你行經的岸

微光泊岸

——記三峽老街庶民美術館

只有奔跑的畫筆
才能把紅磚房一排排
放入雲朵的口袋
站在四月的風聲之上
慢行的街　幽暗的廊簷
老木門檻和一口結繩的井
將我們的腳步
不停歇地傳送到歲月的耳廓
紅漆床頭，舊掛曆上豐腴的女子
就這樣靜靜站在時光裡

靜靜地
用憂傷為自己複製一張雕花的身分
讓你向我眼裡索尋的水草
把飛翔的翅膀藏在水的倒影中
讓紛紛游入遠古的魚
接納我們的親吻

層層疊疊的綠和鋪天蓋地的灰
以點描、分割的技法打開水彩的旁白
柔和的風把我們吹向微漾的水波
吹向長巷底那棵樹，和樹下
開滿九重葛的矮牆
在陽光下再一次跨入赫拉克利特的河流
你輕輕地對我說，歡迎
歡迎來到這個沒有人的村落

輯三　浮水印

從容而簡靜，那些浮在窗前的
是與你相遇的風雨以及
生命中偶然或必然的顏色
氣味和聲音

致五月

緩緩飄過屋頂的炊煙和呼喚著夏天信息的飛鳥，展開了這個五月。

我們的想像猶如平原，所有的村莊在其間漂流。那些坐在樹蔭下的人，可否記得一雙季節的手？它溫柔地剝離了時光，讓所有的葉子在照射的光線中晶瑩透明，所有的語詞如果實欲熟的形體，落在一首詩的脈絡之上。

在繁複的五月，進入我。進入被風舉起的枝葉，進入將潮浪趕入海水的腳步，進入麥子的熟甜和掛在夜梢的一聲輕響。

那些完全屬於我們的山谷、蝴蝶、河流和蘆葦，轉向詩行的臂彎。

沉睡於光陰裡的燈盞跳躍不停——彷彿我們的一生，可以這樣美麗地度過，可以這樣在月光下隨著塵埃靜靜地消隱。

夏天就在不遠處，陽光已拴緊蝴蝶的翅膀，南風在靠近。五月的光影裡，我將躺下，我將成為你。

風

我知道風微涼
所有山，所有山的樹灣
必是感受到你了
我如願成一座安靜的叢林

秋日的窗
這樣，被你推開

表演

一聲老去的輕咳
提醒我，繁華
已走入謝幕的時刻

一彎月，一枝落寞的樹影
一口汲著殘星的井
夜是壓斷背脊骨的鄉愁
在大雪的山頭，向你
紛墜

童話

星星梳著麻花辮子
看著風悄悄地
咬著一片葉子的小綠芽兒
她們輕聲的說話
「該要開花啊，哪！」
流過一場淚之後，雪房子下
（呀，那可是梨樹的花）
住進一隻愛打盹的小烏鴉
醒著的時候他用小爪抓緊枝椏
「我啊，我啊」
綠便盈漫山谷了

「找個句子毀掉這世界吧！」
惡靈窺視著的眼睛藏在樹洞裡蠢蠢
爬行：「誰也別想活著離去。」
秋風來的時候小烏鴉長大了
他將秋天藏起來
藏在果實裡

甕

夜趺坐在暴雨裡
以七里香盛開的口吻
藏起了睡著和醒著的某處

你還要繼續趕路嗎
還是走進裝滿意象的甕
在熟稔的逗點和句點的擺幅中
挪用濕黯裡瘋長的野草根鬚
存放堅硬的岩石
存放冬日，著了火的乾草垛

黑房間

房間在目光的探詢之下
硬生生凹陷了

相互凝視著的
冰冷影像
在夜，泛著詭譎黯光
鏡子努力地維持著
瞠目結舌的表情
竭力不使自己屈服
於
一個謊言

髮絲

那樣緊密地與黑暗擁抱
不計深淺的，泳向
窒息之海

心念因此太沉
拽下一把床前的微光
隱藏穿越樹叢而來的影

黑暗愈黑
銀亮愈亮
再後頭

掀開海浪坐起來的
是一頭，一聲不響的
月亮

木・化石

竹山，茶林
正在轉黃的溪頭輕輕搖晃
而秋日靜默如蟬的孤寂
靜默如
你斑駁歷史的臉影
如果我是深埋其中的
一個秘密
那麼，我必將安詳地接受
光的侵入以及
歲月的剝蝕

女人四十一朵花

女兒牆頭升起禪的月光
人在牆下橫笛，笛聲
四墜，瘦如西風瘦如一場
十里之外的雪
一場多年前走失的心跳
朵朵哀怨如劫，之
花

男人四十一枝花

男人攤開自己如同攤開一本書
人型於是在秋黃的書頁上漸次暈開
四下無一物，只有瘖啞的蟬
十分賣力的鼓譟著
一個秋天的寂寞

枝蔓叢生的前世將他的遺言寫進書裡
花落如字，來生必以精血飼養

冬至

向日葵在水瓶裡，陽光
慵懶如一行分式
無法計算得失，進入是
一種姿態，傾斜
卻又明亮

進入

欲行又止。一個缺水的夜晚
一行詩因此乾涸了紙面
有如中年照鏡，怎麼也掩藏不了
小徑週遭的皺摺與凋零

陰影緩慢入侵壁上的時鐘
擺盪的寂靜透明，卻不凝結如日
彷彿衰老只是一種明證
證明任何一種靜止或進入，都水淋淋
都乾得發燙，乾得著火

膨脹，覆蓋。或許爆裂
時間的眼尾低垂，光滑如水

迷路

徒步穿過城市，裹在身上的陰影
是潮濕的泥土和島嶼從未停歇的風

每天醒來，行走。慢慢的
在惡夢中習慣等待，習慣自己被撕開
沒有鳥群從天空經過時天空依舊寫詩
由南向北，由北向南
而你的遠方明亮，我只能想像
我們在穿越與抵達的間隙迷了路

而我們居住的城市沒有森林，甚至
沒有可以讓我種下眼淚的土壤以及
刻下疼痛，刻下記憶與等待的樹幹

豢養

豢養遠方的落葉是秋天
一頭愛的小獸
想念展延的旅行，風景
在明亮與暗影的晃蕩中經過

總有什麼遺落了
在不可折返的時間裡
我們把月光之露繫在樹枝上
然後在陽光下笑著醒來
雖然生活疲倦，雖然總在黎明前
因為愛，因為想念而哭泣

晚霞

太陽在天空的床笫裸露
鴨蛋紅的胸肌時，妳酥軟
蓬鬆的雲層便開始聚集
在光線暗下去之前
海起伏著潮浪的身體
一波波掀開，推擠著
向平躺的岸湧上來

雲朵

被雨的大氣層鎖住水分，你
是柔軟、透明的另一種語言

忘了

忘了在午睡時關掉蟬鳴，忘了
在秋天的慶典解開一顆過去的鈕釦

黎明

是生存的寂靜還是
死亡帶來的喧囂
一些記憶
快速地從黑暗中剝落
當晨起的光一點一點地
向過去挪移
房間越來越亮

總有些甚麼在消逝中
如同風在禪坐時漸漸衰老
孤獨如約裂開你身體裏的洞

黑暗是
一隻浸了千年月光的蟲子
在潮濕的夜裏
爬進你砌了半生的牆
鑽入你永遠不夠的睡眠
打斷那個
關於書寫的夢

霧

起霧了，遠方仍快速地通過山壁
逐漸攀升的山道，逐漸
遺落往事盡頭的斷崖與風景

故事

樓板很響，誰
在樓上不停地走動著
灰塵從不牢固的樓板縫隙撒下來
搖晃著這座老房子的哀傷

而我只能聽著這令人難過的腳步聲
來來回回　遠遠近近
我想像他屋子裏的光線
他隱藏在暗處的身體以及
不停反覆的焦慮

我聽到他來回地走著
好些個晚上。然後他下樓
穿過有籬笆的院子，到
海邊去

啟事

沒人發現你，如同沒有人
發現碎片溢出來，靜靜響著
你說，那些偷拍的瞬間
終歸是不存在的鏡相
在某個我們洞悉孤獨的時刻
成為無人認領的棄嬰

不在乎一隻鳥飛行的高低
我們的談笑輕易地被光圈誘惑
那枚別在秋天枝頭的葉子
用不為人知的眼神寫下一紙

啟事，而我不想聽

我不認識這座城市
生活使我生了一種無法痊癒的病
讓我足夠忙碌，忙碌得只想
寫一封寄給時間的信
「我在走路，經過一棵樹」……

輯四　原本不在的島嶼

島嶼的時間向度不斷下沉
記憶裏的光和影，是自我與
他者、現在與過去之間的
存在以及抵達

致黃昏的隱者

隱在溪澗裏，隱在草叢中
隱在旅行者仰望的斜角度裏
順著山脈往深處，走著

在河流轉彎處，視野更寬闊了
妳的身體在淺水中發亮
微亮的彎道中
妳的注視是一尾溼淋淋的槳
划動著岩石下的陰影
划動著男人閃亮的背脊和
一些早該遺忘，水草般的記憶

水流在黃昏之後變深，夜
沿著河流向下
於是妳開始穿越河流
用妳發亮的槳

抵達一個不醒的夢

雙子座流星雨
——致宵

樹葉和滴答的雨聲，將
今夜切割成無數塊狀的拼圖
年之將盡，大片剝落的時間靜靜
躺在杯底

我的暗啞逐漸成形，獨自
面對一扇褪色的紅牆
彷彿冬天獨自
面對不得不的凋零

夜的體內蠕動著某種激烈與遼闊
使心沉淪，使光攀升

在夢的眼眸中死去
你的寒潮夾雜著告別的碎片
天空洞開一片深淵
黑暗之石，光明之石
我與你。靜止如一行如潮的詩

穿過一場幽邃的病

——致病中的小霂

原是愛聽風聲和雨聲的
一抹霞光在枝頭拉低
夏日的窗
於是，發熱和輕咳
在夜色寒涼時
烏雲了妳的臉龐

原是愛聽鑼聲與鼓響的
輕貼上船舷的鷗鳥
拍著翅膀，穿過

一場幽邃的病
風一樣
停在妳的院落
與日頭一起，放晴

載體

——致綠豆

餐桌上的花朵擁擠在橢圓的花器中
翹首期盼這個比平常提早到來的下午
深色木紋的書櫃邊框，隱藏
某種書寫形式的曲折與暴烈
關於唯美的準則，風以聲音醞釀
一場奔跑。而聲音未及之處
所有的象都茁壯成語言的綠豆芽

用透明擦拭窗外鱗狀的日子
太平洋漂浮的水氣在彼端，任何一種

觸碰都無所及的思想在冬天成形
我們唯有以夢的方式解讀，以
指溫翻閱一場宛如夜色般的冷

於是醒來，發現紙上斜立的影子
鋼筆比你更早抵達那裏，餐桌上的
花朵們擁擠在橢圓的花器中
翹首期盼這個比平常提早到來的下午

春音

雨泠泠地向
漸暗漸昏沉的天色
眨了一眼
那將觸及而未觸及的濕冷
讓春的鼻息忽高忽低起來
而，鞭炮聲圍爐來了
「你聽」
不論是高音兒還是低音陡
都向這島嶼吹奏著歡喜

被風翻開的一頁

你說，退潮的時候很寂寞
彷彿寂寞是一種佔據
讓潮聲終於哭了，讓
我經年停留在夏日的海邊小鎮
聽你不停地說著，那日的雨
那日，我們始終沒有接近的事實

無力負擔的安靜被落葉引領向九月
稀薄的風，猶疑封閉了一扇窗
那些從未萌生的風景，如何
成為一棵站在秋天裏的樹

於是我決定不再抱怨甚麼了
帶咳的笑和比病更深的肉體
將被我摺疊進蘇西的箱子

或許，我停留了一小會兒
疲倦如同我手中的外套，輕易地
癱軟在死屍般睡眠的肘彎
如果神或者別的甚麼可以預卜
你以及你說的那些未來
那麼，不停地翻頁吧
總有些衛道的假象散落其間
寫成一本腐逝的書

淺風裏的水鄉

——訪席慕蓉

搖一櫓淺風裏鼓動的水鄉
她的蓮在我的荷塘悄悄綻放
荷葉田田
晶瑩的十二月輕輕搖晃
搖吧，把閃耀在天際的星子
捲曲成一幅傾斜的畫
用故國的水甕盛滿歲月和晚風
在我們耳畔敲響
溫暖的釉色，晃動著河岸旁的聲聲馬蹄
記憶裏的馬頭琴於是

在無涯的草原淺淺吟唱

伴隨著深深的寧靜
以及五百年涉水而來的寒冷
鹿們回眸的哀婉，在月下
嘩嘩的嘩嘩的
搖響，一櫓淺風裏的水鄉

且讓我們相遇
——致愛亞

且讓我們相遇於
車水馬龍之城
相遇
書頁裏喧鬧的鑼鼓聲

如魚游向深邃水底
如風停歇在妳微笑唇邊
自此所有的喜歡
都圓潤
所有的凝視都
欲臨欲去

小雅

——和李洲

我在晨霧起時來
來訪這一片漫漫的春秋
賦千年的繁華身世以風
以夢

以一聲聲令人泫然的梵唱
冷你未竟的
詩句一行

續——春色關不住

紅

浮動水中一樹四月花開
寂寥眸中滴落的，一聲濃釅嘆息

杏

月在妳日漸豐盈的形體裡複擬愁容

妳以為，我攀折了妳的心事麼

出

比乳房還要堅實的目光

嘟著嘴，任性地駝著鳥兒的翅膀飛翔

牆

穩坐車水馬龍的繁花街頭

一匹馬，一匹馬的嘶鳴自遠處來

來

振翅，（青鳥鼓翼呵）

怦然憶起的昨日光影
不留情啄開覆蓋重重的杏花屍瓣的屋頂

你在的異鄉

——致滄浪

總是在異鄉的馬路獨自，穿過
通往黑夜的寂靜。或者風
和你一樣，脆弱而堅硬
你認同天空和大地的存在
認同人類的進化以及記憶
所有牢靠不牢靠的
光或者哭泣

如同緊隨身後的車燈

行道樹的葉子已經枯黃
車燈照亮的路面，你的影子孤伶伶地
摟著自己的孤獨狼狽爬行
車身經過時你聽到路面被軋過的顫慄
一片葉子和你一樣
獨自，穿過通往黑夜的寂靜

走進一片樹林

——致馬修

走進一片樹林
妳手心握緊一把泥土，那
是火與水在字裡焚過的痕跡

無畏死亡，無畏
存有的痛穿過生命
死而生生而死的夜
風是攀爬上妳詩句的唯一寂靜

劇

——寫給存在以及……

（一）

Ctrl+c

時間在井底冰涼了
黑暗的時間
宿醉誕生的前夜，目睹
成為一種生
不如死的苦痛

（一）

Ctrl+v
尼采的手指
彌補了流水以及撕裂的困惑
那張沒有線條支撐的臉
怎麼知道歲月，知道
死亡之中的存在幽如藍天

（二）

世界如此晦暗
目盲者的井底無非
只是目盲之井
沒有呼吸的北地
苦寒是無法觸及的冥荒與無涯
你的星辰怎麼，照不亮他的廢墟

（四）

冰鎮了所有漂浮在命運之上的
五官以及表情
舊事是一齣永恆破壞的劇
相擁我們存在的已死
「它不是你的」（請大聲斥喝他）
我們只為真理鼓掌

王道

張翕著嘴吞嚥夏天以及
太陽黑斑的
魚
試圖自文字的掌紋
撈起一些破碎的氣泡
一些，地表之下被封閉的
水的溫度

聲音在正午時被飢餓的手指擰緊
發條是鰓
是離去又歸來的肉體

關於一場綁架和無可避免的
荒廢
生於水行於陸地的兩棲
是安置靈魂最終極之王道

我們總是在今天
將手伸入明天的口袋
在肺部退化之前
擅長用鰭走路
進化似乎是一種對生存的押解
而夜和城市和詩
永遠只在虛幻的位置

假設黎明的某種可能性

等待讓肉體變輕了
那些假設被看見的時間
在最早迎向黎明的暗深裏
以堅硬、孤單以及難過的思想
洞穿你的來臨

最早動身的記憶或許已經
被遺失在人群某處
那些獸，那些手臂上紋身的孩子
用鋒芒刺穿了陰影

我們熟知的飛鳥
在一面破碎的鏡子裏
與自己對向飛翔
沿著這條河流的上空
我們向前的速度使
秋天的羽翼更加沉重

城市在我們假設性的對白裏
濕淋淋地下沉
血與水在等待中流失
我感受到你的另一種神情
地平線於是在未知的光亮中逐漸模糊

輯五　時間的偽十四行

穿梭時光的街巷
我在遷徙的步履中
感受季節的孤獨與喧囂
並用書寫建構一場
屬於自我的旅行

你的寂寞立在水邊

左岸的燈火揉碎了自己的影子
滑過指尖的船
如一葉滑過冬日的疲倦歲月
靜靜地在冰涼中
滑過你

水仙，開了又開的
吐露著不堪閱讀的憂愁
關於哀傷
關於額際
流離的青春

你只能輕輕地折疊
輕輕地
放逐於一痕
深過一痕的水浪

春天的十四行

隔著一個冷冷的夢境
二月綻開了馬蹄甲紫色的憂傷
忽然想起你
想起去春附地草白色的淚
和趨身向你時
無以探測的靜默
不是在江南岸
故不能，折一束柳枝給你
在湖畔，不能飛絮的
讓我為你編織一束細密的溫柔

那枚小小的痛楚
別在春天柔嫩的髮梢
踏響青石階
踏響一個冷冷夢境，走來

沓夏

山口敞著大把的綠
野得夏天瘦如一把枯骨
皺褶在你的眉間不曾舒展
堅硬的石頭
柔軟的乳房
以及，無法觸碰的細枝末節
牴觸一場撲打著翅膀靠近的雨
牴觸著一切

可以構成媾和的赤裸和孤寂
死亡如薄冰

生存更如刺骨冰凌
隱密成為不可擋的城牆
誰的馬聲杳杳
踏在心上

葉的獨白

打開自己，如同
打開一本荒涼的書
你淒清的眸光所經過的
是淺秋樹葉的掉落
和漫長冬日貧瘠地靜俯
「我已失落多時」
你的步聲悄悄載來你的影子
留下足印吧

撿不起任何的文字
請你——

轉身離開
腐化成泥呵，來春
我願
是你最濃郁的鄉愁

秋天的十四行

踩著自己的影子經過自己
以蛇的喧嘩
以蘋果圓熟的誘惑
光與影的媾和
吞噬靈魂最底層的欲望
所以，秋已經漸漸深了
黑夜濃密地滑行
揉皺了一張遠方的臉

你的聲音以樹葉的方式落下
你便升起

線條狀的青空
垂下整個世界的黑暗
我欲推窗，向你走去
走向蒼茫的回音裏

誘捕

在通往某個夜晚的路上
捕獸夾在獵人眼裡蹭出了一團火
屏息的野花集體匿名
寫生著夜晝的陰影
遠處，森林和沼澤柔軟
調色一幅醒著的背景
那些枝葉肥大的樹
借了松鼠的尾巴

在天空的暗處戳了一兩粒洞
你大聲尖叫

尖叫在尖叫聲中轉折
把逐漸稀釋的尖叫聲尖叫著趕走
一隻獸的影子自黑暗中來
漸漸，退到更黑的黑暗中去

抵抗十四行

黑暗就在那裡
帶著被征服的王冠和頭顱
組成一支龐大的軍隊
向地獄之口前進

我們手中的長矛和盾牌
成為我們身體的一部分
成為心的一部份
「我必不臣服於你。」

為了榮耀誓死奮戰和抵擋
我們在陰影下，硝煙瀰漫
所有的行動比言詞更為激烈

即便風旋捲在屋頂和荒野
即便時間，在此時
已滾落險峻的午夜

右邊

天色在中年時漸漸明亮，散
在水草群中滾動的魚眼
用意志突顯黑暗，以及
因為缺氧所不能到達的堅持

沒有什麼比方向這個詞更精準
醒來前的大腦在水底，呈現
出冷冽的金屬質地

它把退卻的潮水，孤獨的水鳥
都遺落在寒冷的夢裏
這場災難無關光亮或是醒來

當我們肉裏的獸滴著涎液，咻咻地
靠近一場自瀆，那麼我們只能
選擇在中年的光亮裏痛哭並且醒來
（我的右邊，日子散發出奔跑的氣味）

養一場月色在雪裏

我坐在地板上，抽你留下的
菸。一場風穿過你來時的巷口
用我尚且不懂的語言
索討被月色遺棄的，酒以及骨肉

在秋天，我們總是難以以一場雪
為世界命名。我不相信死者
已死，我在七月的月色裏看生死
看經過睡眠的鬼魂和
一朵紫羅蘭盛開

在夜裏吸食你的手指
儘管語無倫次，但我想起南方
想起你豢養的那場雪
一片一片飄在夜裏，那麼微小卻
令人神迷

我在走路，經過一棵樹

找不到更好的理由，來假裝
只是經過你，經過一片茂密的樹林

沉默無法刈除的荒草下面
糾纏的血液與植物根莖都長滿你
再也沒有什麼比嘆息更堅硬，生命
短促如一葉呼吸
我在經過你時聽到自己的碎裂
當生活只剩下相對，當
你緊握我而我們還是孤獨

樹總是孤獨。不間斷地我經過你
在落葉的描述中
我試圖勾勒我們始終
無法被證實的那場可能
而死亡，總在其中

活在靜脈的隱流

在動詞的擺盪裡，你
是沉默的化身
如同一汪水，一顆
石頭和我們凝視著的星群

沒有一雙疑問的眼睛向數詞發問
生而不息的河流，雲而雨的
形容。

我對你感到陌生，猶如
漸漸轉涼的氣候，在深夜的鐵軌

森然發動一個夢想的虛詞
如果瘋狂，如果
據實以對是一場冷硬的戰爭

靜默。曲迂名詞的冷副詞的咧
造一句孤獨的人生

輯六　你我相對如鏡

了無遺憾你我相對如鏡
清亮可聞的啞默和
不可或缺的空無
是我們鼓腹不停的癮

等待

一

我靜靜地等待著
思念的風拂動心的長堤
在這藍色的夜裡
我是一莖最後的蘆葦
輕輕地
將你的情思撩拔

二

在逐漸拉長的距離裡
等待已變得潮濕
開放在春的枝頭
又凋零的花
我只能偷偷隱藏

三

月在夢裡跋涉
等待寫滿了我的一生
不想走近你
如果愛只有一次
我甘願退守於
孤獨的幸福的邊緣
站成一滴淚

宣言

那是河流，偶有沉默的河流
我們的述說在沉默的空隙
弓起發抖著的身體
疤痕強制性地被壓在舌頭底下
細碎的聲浪逐漸奔跑成一縷冷的光芒
那是一把鋒利的刀
複述的輕微割開一條
又多一條的傷口
一隻沒有聲帶的狗
突然自陰暗處躥出來

時間在子時沉入飢餓的胃腸
故事於是安靜地成為比喻
舉著火把的第三人，遠遠站在樹下
宋詞走動的腳步裡
我們的舌苔裂開滲出汁液
一些字一些詞一些句子
吵嚷著經過驕傲的我們
我們該停下來
停在各自的暗處窺視自與我的陰沉

或者說吧，繼續往下，再往下
蜫盡沾染流浪顏色的衣衫
打開密封的我們的罐子
放出月亮，漸漸圓滿的月亮
或許誓言只是潰爛的花
你卻溢著鮮血停進了我的夜

繼續說吧，往下，再往下
這夜，總有深度適合我們下沉

信

麥子沿著黑的邊緣
割開一小塊春天
我醒著，是被青瓷般的月影喚醒
還是拔節的樹木發出的尖叫？

夜的指尖翻過孤單的脊背
涼涼地，有些快樂
有些疲憊
和一些很輕很輕的憂傷

風漸漸沉沒在樹梢，在一片葉子
與葉子之間眨著眼睛
我必須醒著，不睡
（明天，你會看到一片返青的麥田）

一個名字

一個名字在光影裡晃動
在灣月亮的水面下
在泥土的濕冷裡
你說，冬天就要過去了
輕輕地
會有蜻蜓飛過麥田
會有眨著荷葉香的浪
湧過我們的雙肩

你說，你還在說
（夜已悄悄地展開睡眠）

我聽到屋簷外的滴水聲
滴答，滴答，滴答
你向下翻開你的手掌
我的夢靜靜地停歇在你的
句子之上

那天

那天的風太大，一絲
一縷的你
住進散發薄荷香味的乳房
天是高原的藍色
我們貼得很近
呼吸搖晃著一字一句
解開詩的鈕扣

穿過陌生的田野和
熟悉的天空
暮色來臨之前

輕輕地
我們在秋天的臂部走動

道具預設於場景之中的

不再隱瞞
那些被舌頭舔過的章節
死獸惡臭的腥
於時間曲線的蛇身上扭動
不是我，那是水母
一頁沉積的哀悼
看著他游向河的對岸
草原跟著向前
天空也跟著向前
沉默的風鈴便也向前

我知道陰影很小
光明並不是我們的終點

溺海者的命題

我靠近你，十月的海洋
人們的目光拾撿不起
寬廣的你的鹹腥
你敞開胸膛
浪舐著我的履尖行向你
在夜降落之前
你的潮聲自岩隙升起
無數影子融合的水和霧氣
淹沒我望向你的眼睛
崇高的卑微的
遠的近的

喧騰又寂靜
我靠近你，十月的海洋
走進一道溺海者的命題
於是，溫柔和殘暴都歇在海底了

我靠近你
十月，你的海洋

問候

悄悄啄開你
寫滿寧靜的詩行
初雪般綻放的指間
一隻蝴蝶
飛進春天的畫框

微風帶著去年的輕響
敲叩我夢境的時候
逐漸腥紅的感傷
翻轉成一朵
揉碎了玫瑰的
浪

致二月

順著河岸撃響的槳聲
追隨二月最後一天的水流
當你的船隻滑向暮色
燈影將春天裝裱成一幅
撞疼了胸膛的畫

二月湖

那時你的名字坐在二月的湖畔
風飽含潺潺流動的水氣
你眸中的轟然聲響
沿著腳底每一塊石磚的縫隙
向上吸吮

挾持著孟夏語言
我們眼裏的南風
緩緩游出喧嘩的巷弄
每一眨眼的剎那

陽光成為隱士，隱身於
少婦豐碩的乳

推開湖畔一句甜脆的鳥聲
我們的嘴角擰出蜜
當愛戀如青果懸掛在枝頭

喔，親愛的
我要在二月的湖畔
摘下你的名字

春日之書

三月三日，台北
傾斜的黑暗捲入一場遠方的雨
灰藍色的夢緣
春天穿過微暗的廳堂
（你的旅行切斷了我的島嶼）
一場蒙太奇的相遇
印在水墨般淋漓的劈啪聲裏

抵達我們的黎明
初逢時的櫻花尚未睡醒
書桌前有雨

有兩隻繞樑的燕子
和我寫給你的那些書信
一群想像中的銅鈴在三月的無邪中搖響
「我正往火山車行，明晨攻山頂。」
該睡了，今夜不必為你等門
我門上一枝柔軟的柳條
茂密的樹林自你胸口走出

趕路的人

你在夜裡趕路
車輪飛馳
窗外的黑暗
拉長了陣痛的距離
在南風抵達之前
所有的花和樹木為你
保持著適合點燃的溫度

我相信你正在趕來
趕在最後一盞街燈熄滅之前
發布你灼熱的新秩序

和蘸著烈焰的密語
你在趕路
貓在樹叢後嘶嚎
夜的羽翼之下
我無法阻止
你鑽進春天蛇般的腹部

在夜裡趕路
你的繁茂在喘息
你的血液割開生命的脈管
飛馳著，趕來

傾談

當黑夜陷入更深的寧靜，我們也寧靜，宛若夏末的葡萄架之上吊垂著果實，各自懷著最美的詩句。高高的麥草垛堆在我們記憶裡，離天空那麼近，彷彿一伸手就可以觸到它的肋骨。風很軟，輕輕地貼近臉龐、拂動著髮梢，這個夜晚，省略了因往日而預備的大段獨白，沉靜著。

來自遠方的告別帶來了些微的傷感，為了學習，我們在必須經歷的細枝末節之間糾纏。雖然無法成為彼此的歲月，但我們依然微笑。

在通往黎明的路上，有大片被露水濡濕的原野，曲折蜿蜒的小徑旁有樸素的農家，屋旁的羊圈裡熟睡著羊群，還有一小畦農作物，小小的蟲躺在白菜葉裡，打著呼。而月光來到窗前，這個穿著素白衣服的女人，有著一張沉靜的臉，她只是看著這一切，敞開自己懶洋洋的乳房，什麼也不說。

窗子在這個時候夢到許多人，有月亮的時候它總是作夢。而我不能開窗，我怕打開一扇不屬於我們的通道，而這夜，便再也無法寧靜下去。

書寫之晨

池塘一朵蓮花瓣上還
斜著幾顆
昨夜，雨的流蘇
清晨的微光便擺渡了幾片雲霞
在我的書桌

渡口的石階上
幾行踽行的孤影
仍衝擊著濡濕的河岸
你我的相逢

散發著清芬的寂靜
等待書寫的掌溫
輕輕撫弄

比翼鳥

我們並沒有住在一棵樹上
如同一對對生的葉片，或
一雙比翼的鳥兒
相互凝視，我們在某個颱風來襲的
夜晚攜手出發
然後在清晨相擁醒來
是的，我們相擁醒來

不用睜著眼分辨你眼裡的光
是不是昨晚不曾見到的
那抹月光

不用。草葉間的露水在
我睫下閃動

這不是我，也不是你
我們並沒有住在一棵樹上
我們不是一對對生的葉片，更
不是一雙比翼的鳥兒

可陽光，卻在這個早晨
掀開了窗簾的一角
讓我們清楚地
看到彼此的凝視
看到，所有的鮮花盛放在
我們含羞的嘴角

聽貝

航向你的海域
如鏡面般平靜的海面下
藏匿著海盜的寶藏，藏匿著
遠古的星群
你在我耳畔發出海盜的喧嚷
你在望遠鏡裡凝視著我的眼睛

當你盤旋深海
那置放在海心發出光亮的浮標
是我靜靜的傾聽

當你在遠行中凝望天際
我是那顆最閃亮為你護航的星
而我在聽
聽一個航行的水手

在我的洋面
搜尋與探訪

雪花之戀

自此，你所有的鄉愁
都
一片一片
自我的指端融化

你眼神徘徊的鄉間
我是你紅木門後的母親
妻子、情婦和小女兒
總在酷暑為你揮扇
在嚴寒裏，用胸前
那一團熱
偎暖　你的腳尖

入住藍天的心房

如果天空的藍是
一隻鳥兒的翅膀，那麼
掀動風的嗓音是冬天
一把把摺扇似的陽光

鳥兒把影子留在陽光下
我的心上。影子
疊著影子的影子，一層層
一層層壘起一個透明的清晨

春色無邊

我又看了一眼窗外，夜很藍
也很虛假。只有秋天的手掌知道
花開的繁華是怎麼一回事
所以為那些發生過的道歉吧
如果流水也曾　含情脈脈

讓春天的風靜靜
成為鴿子長在夜的喉結
對面是山，是你說愛
愛沿著秋天的城牆撒歡兒

兩個人的死是怎樣的甜蜜
我不知道

不欲多言，餓的時候以舌頭充飢
讓月亮，放縱一幅永動的畫軸
在虛構的掌中奔跑
而我以浮冰之藍允你入住
習以為常的，前方是永夜

我們的曖昧

當天黑下來，鳥兒們
用翅膀證明自己的存在
我感覺疼痛，你在我的口腔潰爛
腫脹，我卻始終找不到你
具體存在的位置

我聽到肋骨脫落的聲音
前方是海洋或者其他
我幻想自己能夠抵達
（只要夠輕，我就可以）
而漫遊者的夜總是缺乏細節

如同你的手指總是缺乏溫度
我們長久地浸泡其中
讓黑暗成為一枚無法離開的顫音

我現在什麼都不做了
無論前進或後退都不能讓我變輕
都不能。讓從未發生的吻
溫熱地碎在我們面對面的鏡子裏

咒語

ㄨㄣㄐㄒㄏㄌㄕㄓㄕ，你說
在中秋節的夜裏，在
月亮碎了一地的殼裏
我們的島嶼，使秋天的河流
精準地反射出碎裂的紋路

ㄨㄣㄐㄒㄏㄌㄕㄓㄕ
我們在你的咒語裏下沉
遠處的夜鳥正努力穿越小樹林
在加長的時間裏感受黑暗

我們尋找光亮
而太過激烈的嘶叫讓人目盲
ㄨㄣㄐㄒㄏㄌㄕㄓㄕ，於是
緊挨著快樂，有些結實的情感
跳起來。那些硬土裏鑽出來的樹苗
帶著請求的姿勢，在咒語裏
使勁搖晃著，搖晃著
ㄨㄣㄐㄒㄏㄌㄕㄓㄕ
ㄨㄣㄐㄒㄏㄌㄕㄓㄕ

妳閃耀著一種被說出的光芒

深井

終於，在夜晚來臨前
冬天寄出了最後一片葉子
風有點涼，樹木瘋長
書頁裡夾著的光，微微
翻動童年，在
我們的凝視中歌唱

感動是一口深井，向上
或者向下盤旋
當我們的石階已經旋轉至終點
你在頂端微笑

但無論如何你都不再折返了
站在過去的影像在水底
漸漸晃動，成為碎片
冒出水面的氣泡靜靜響著
夜晚的陰濕踩過我們
向下或向上
不可言說你的高度以及
無可理喻的，日子的深度
仍在不停旋轉

總是會有什麼溢出來，譬如今晚
在沒有人發現之前
我們仍是一口井，深深地
在書頁裡寫凌亂的額前
被風吹亂的髮梢

流域

隨著河流，野生的藤蔓和
沿途的風景逐漸進入
寬廣的水域
（愛還剩下什麼可以揮霍？）

當我隱入其中，你的世界
流動著，拍打著
彷彿我們在詩歌與心靈之間的
跳躍以及轉行
身體裡面的光

那些引發疼痛的夢和理想
在寧靜中閃閃發亮

樸素卻深情，所有的流向
都是家園的方向
所有的行經
無憂無慮地指引幸福的導航
不問去哪裡，不問

一行生命的字句正緩緩經過你我的途中

兩端

雨落在屋頂
落在，離世界不遠的黃昏
我想像你正穿過人群
穿過這城市最大的陰影
從逆於白晝的方向
向我揮舞故鄉的乳名

如同睡著之後的反覆醒來
生存的困惑傾斜在繩索的兩端
遷徙的森林　沉默的海洋

夢中的島嶼和緩緩下沉的兩岸
都在你走向我的時候，一再醒來

繩索兩端彷彿仍呼吸著，索尋著
所有的聲音都是叫喊的石頭
瘦小的黃昏，龐大的人潮
多雨的秋天像一隻被埋進沉砂裡的船
再也無法從中脫身

當所有的雨聲停頓
我在醒著的時候，再次醒來
而掌中你的乳名凝結如一株
乾枯的菊，碎裂在繩索的兩端

附錄：最後的商禽（商禽訪談錄）

龍青

我要提一兜他愛的柳丁，將他的詩句榨汁，遙向他逃亡的天空，遙向他逃亡的最終，向他深深祭拜……

前言：

二〇〇九年三月，我應貝嶺之邀，加入傾向工作室，籌畫《傾向》文學人文雜誌復刊的工作。按貝嶺的設計，《傾向》復刊號是流亡文學專號，涵蓋了冷戰後的流亡文學直至當今神權統治下的流亡文學，戰後的台灣文學也進入了視野。當時，恰值印刻版的《商禽詩全集》出版，貝嶺讀了商禽的部分詩作後，受到震撼，決定復刊號中以商禽作為台灣文學中流亡主題的代表性詩人，收入他的詩作，並作一深入的訪談。貝嶺的直覺是，老人病中，應盡早去採訪。接著，《傾向》編輯在台北公館的傾向工作室就訪談內容有過多次討論，並決定由我先去看望老人，若商老身體允可，我代表《傾向》作初步訪談，之後，貝嶺加入，完成最後的訪談。那時，商禽已為帕金森氏症所苦，白靈老師給我商老的電話時，擔憂地對我說：「商老好像已經不太會客呢……」我卻一點也不以為意，立即致電給這位我仰慕已久的前輩詩人。接電話的是照顧商老的印尼女傭Lumy，她操著一口並不流暢的中文，所幸我們溝通無大礙。她表示要先問過商老及商老女兒的意思才能給我答覆。經過一周的等待，我終於和商老約定了初次探訪的時間。

二〇〇九年五月十一日，我手捧《商禽詩全集》，興奮地叩開位於新店玫瑰城的商宅，見到老人時，我幾乎認不出他了。老人的身形比之前消瘦了許多，可精神仍好，眼力也好。他一眼就認出我是他之前見過的晚輩，笑問我是誰派來的，我向他說明來意，並代白靈老師和貝嶺向他問好。他詳細詢問了《傾向》復刊的構想和籌備，並提了些關於訪談的建議，更向我申明，因為病情，他無法講太久。

第一次訪談時，我提出了四個問題，雖然老人的鄉音加上吐詞不太清晰，讓我辨識得有些吃力，但他的回答都令我讚嘆不已。因為久未與人長談，老人很快就疲倦了，他幫我在《商禽詩全集》上簽名後，囑我想好下次訪談的問題，做好準備再來。

相隔一周後，我再次來到玫瑰城拜訪商老。這一次訪談的時間比第一次要長，慢慢地，老人明顯體力不濟。因為說話太耗費精神，他撐持，而且吞嚥困難，但他堅持要把話講完，即使最後，他因發出的聲音含混不清，我要不停地幫他擦去嘴邊的唾液，心疼極了。臨別時，我向他為《傾向》邀約幾首他未曾面世的作品，他點頭答應，卻說，拿稿費來。看我有些呆愣的樣子，他笑了，繼續說道：「我喜歡吃柳丁，下次來帶點柳丁來。」

六月下旬，貝嶺離開台灣，本應待貝嶺秋天返台，由他接續完成最後的訪談。然而，九月發生了法蘭克福書展國際研討會事件，貝嶺意外成為主角，更多的變化出現，他沒有如期返台，《傾向》復刊工作因此暫停。所以，我們最後的採訪日期也無限期延後了。之後，我也忙著出國、寫稿、工作，繁忙讓我幾乎忘了與商老的約定。直到噩耗傳來，我才意識到自己犯下了多麼愚蠢的錯誤。如同貝嶺由德國伯爾故居（Heinrich Boll-Haus）寫來的email中所說：「妳很幸運，見到了他腦子還清楚的最後時刻，我則錯失了這一時刻。真可惜未做完專訪，他年事已高，若當初立即做完，就不會有現在的遺憾了……」

再多的悔憾也無法喚回商禽了。此刻，我手邊的《商禽詩全集》扉頁上，老人的簽名仍溫熱如他的掌溫，而詩人卻已不在。記得臨別時，他笑著對我說：「下次來還是先打電話來預約，我會寫四、五首，留給妳。」

或如貝嶺永遠的憾，他說他「追悔莫及，再也看不到商禽了，再也不能和這位詩的苦行者談論詩和詩學，請教《傾向》的復刊或流亡中的現實和超現實了。」我亦然，錯失了老人期待的相見，再也沒有機會聽他說：「超現實主義就是十分現實主義，因為太現實，所以超現實。」

而我必定要去看望他的，即便相隔現實與超現實的藩籬，我也要提一兜他愛的柳丁，將他的詩句榨汁，遙向他逃亡的天空，遙向他逃亡的最終，向他深深祭拜。

* * *

用散文寫出純粹的詩，
必須把所有的瓶瓶罐罐都打破

龍青：比較您和同時代因中國戰亂來台詩人的作品，不難發現您詩作的獨創性，特別是散文詩創作，達到了旁人難以企及的高度。您將散文寫成詩，相較之下，很多詩人卻將詩寫成了散文，這在英語詩界亦然，您如何看呢？

商禽：又有何不可？雖然詩的表現形式較散文更為突出，情感更為強烈。但只要體裁是詩，他當詩寫，有何不可？文學中如何分類並不重要，端看作者的表現。若只看外在，舉例來說，高粱酒有多種外表，但不管它的名稱為何，只要是高粱釀製而成，喝下去之後仍具備讓你神魂顛倒的功效。酒只是一種概念，要用散文寫出純粹的詩，必須要把所有的瓶瓶罐罐都打破。沒有任何物體存在，在沒有支柱和依附，也遍尋不著一絲纖維的純淨中，放進水，經過釀製，才聞得著酒香。

龍青：洛夫說過：「就語言來說，詩與散文最大的區別乃在前者是暗示性的，後者是指涉性的，而暗示性又產生了語言的能力。」（《中國現代文學大系・詩（一）》，一九七二年版）您對此有何想法？

商禽：其實種種問題看似孤立，卻都有關聯性。有些年輕詩人藉由資訊（網路閱讀）吸收了很多營養，的確，創作是要依靠廣泛的資訊和生活經驗的。白靈、焦桐等年輕一輩詩人理論家將近來的資訊發展成為詩中的文字。可語言就是風格嗎？很多人問我，他們是根據我的創作下斷言。現在很多人把詩的語言學推開，把現代語言學扯入能指、所指。台灣詩和現代詩有分別嗎？詩是靠文字傳播的，我們要在詩中尋找星星，我們和世界各地詩人討論詩中語言元素的意義。

我和貝嶺好幾次遇到，他堅持的介入詩學或詩對統治者語言的抵抗，相當於中世紀宗教改革中與神權的對抗，甚至摻入了語言、風格的抵抗。有時，當今一些詩人的現代詩語言幾乎看不出依何所學，有時，我們只好把質疑僅僅放在詩學的變遷上。特質語言與現代詩語言正在眾人眼前晃，我花了很多時間去打聽、探討，卻仍沒有辦法碰觸到詩的指涉與遠慮。所以說，好吧，去追蹤現代詩學路線，那缺少中國文字奧祕的現代詩語言障礙是什麼呢？我若有所失。一些詩人倡導語言詩，將其帶入現代詩，好像真看見了黃河，在西方強調東方的立場，從事新詩創作，而復刊的《傾向》要有銳利的顛覆，不止是資訊。我們作《古詩十九首》居然無法碰觸到它的現代性，古詩有銳利的翻覆，可當代詩人把現代語言、詞彙進行改裝，雖然保持了語境，可沒有太多的進步。古典詩產生以來，不斷地推陳出新，但始終無法碰觸到詩語言的本質和根本。而那些不斷出現的新危機、新內容，把台灣現代詩弄得更為混亂，雖有一些作品直抵繁複險境，把詩慢慢推向雲遮霧掩的絕境，如果要用白話來分析，現代詩在這樣的程度上是有困境的。

龍青：請問您認為自己寫的是詩？還是散文？

商禽：我在寫詩，不是寫散文。中國的散文很革命性，也比較是工具。詩與散文的區別不可從外表判斷，要看其內在的價值。如何分辨呢？要用嘗的。所以品嘗文字和品酒一樣需要功夫，這要靠平時的閱讀經驗積累。

龍青：貝嶺說，他當年寫詩時，一首詩要經過數十次反覆的修改。您也會如此嗎？

商禽：有人的寫作方式是那樣的。但我不是，我的寫作屬於即興創作。我不用稿子，把主旋律擺在腦子裡，什麼時候想拿出來再拿出來。

我的詩大部分都是因情而寫，只是將它們藏得很深

龍青：您詩中最常描述的主題是什麼？您還能背出以前寫的詩嗎？

商禽：我的主題多為（自己或旁人的）戀愛以及人與人互動的狀態。詩則已經變成大便排出去了。老實說，許多詩作已找不到。尋找的問題是隻身的問題。要去想詩的主題和精神是怎樣分開的，就要追究一首詩的存在期。如同食物、藥經過吞嚥到達腸胃後產生不同的影響。飽足感或治癒感會依不同的個體產生不同的觀感。

追蹤一首詩，依然要探討其空間的存在性，回到酒瓶的概念，我們不能隨便指認哪些是詩，哪些不是。所有的形式都只是我們收藏的酒瓶而已。要從符號的表面辨識出存在的意義，找到的就是酒瓶。哪是新酒？哪是舊酒？必須要拔出酒塞。所以從青草到牛奶，這之間有原料與咀嚼，之後變成養分，才得以產出牛奶。所以不論瓶子裡裝的是什麼酒，我們要清楚時間賦予它的意義。

龍青：您剛剛說您詩中的主題許多是因為戀愛，那您認為您的哪些詩算是情詩呢？可以舉例嗎？

商禽：我的詩大部分都是因情而寫，只是我將它們藏得很深，我詩裡的人物、意象都經過人為的大面積掩蓋，旁人很難找到。所以，這需要讀者用心去尋找去解碼，我無法舉例說明。

當妳置身於荒謬的存在空間時，只能從求生的立場發展逃亡的路線……

龍青：陶保璽在〈濁世中以腳思想者的荒涼顫叫〉一文中分析您的詩作〈逃亡的天空〉不是一首悼亡詩，而是一首概括了數十年人生體驗、凌厲而兼具內在美的生命之詩，您認可？

商禽：有一些現代詩人的作品，我們可以找出不同，讀起來看什麼是真實、嚴肅的。也有人說我的詩用的是現代語言，其實是美學的語言。〈逃亡〉肯定是一首悼亡詩，天空的逃亡。或是在郊外散步，一隻蒼鷺飛起。它居然沒有具體的死者，我認真地把詩的元素、悲哀，藏進文字裡，希望有人能夠破解深藏其間的密碼。這首詩中有一部分藏著東西，所以我一開始就用了逃亡這個動詞，「逃亡」是假設性的，若真要分析「逃亡」，你就中計了。

龍青：〈逃亡的天空〉裡的「死者」是否是前行者、叛逆者以及〈門或者天空〉裡被囚禁者的複合體？

商禽：它是一個準備讓讀者去感受的，來自靜脈[註]的假設性語言，讀起來似有古典詩的語法，主宰全詩的只有一個意象。表達誠實，賦予潛移默化，但人不是智者，模擬是智者的沼澤，寫什麼都沒有關係，只要精準地加上個動詞，去改變它原有的顯性功能。髮、花、雲、水，悄悄地流動，也是生存裡的纏綿、沉默。

逃亡是我生命的縮影；沉默才是詩存在的依託

龍青：您自己在詩選《夢或者黎明》中描述過自己的逃亡足跡，您可否對「逃亡」這個說法有進一步的闡釋或補充？

商禽：「逃亡」是要逃離殘酷的現實，具體的意象，高純度的存在就是讓空無見識空無，逃亡以躲開危險。逃亡幾乎是我生命的縮影，要突破我的驚懼，另挑一個形象去代替它，首先是存在主義的解釋，歌聲、琴聲、水、鴨子，打破了這個沉默的環境，意象表達出了生命與距離之間的關係。有人抓住「逃亡」一詞不放，好像是導演，當風起雲動，時間和水的反光產生了互動，要發展特殊的行為以避開目前的困境。在此也要提醒大家，邊緣化是一種隱形的藝術空間。我們可以把他從逃亡者的角色置換為任何角色，逃亡就是不要把腐爛性的問題放在任何不腐爛的肉身之上。焦桐說得好，說這是一首政治詩，他能站在人類生存的角度來看這首詩，妳想想看，當妳置身於荒謬的存在空間時，只能從求生的立場發展逃亡的路線。

龍青：因為戰亂，您由大陸赴台，這一流亡經歷或成為您的生命主弦。我也在您的〈咳嗽〉一詩中發現歷史加諸您的那種撕心裂肺的傷痛，不知您的傷痛是否遠來自您的中國情結？

商禽：其實是沒有直接關聯的。我在一場詩朗誦會上曾這樣說過：今天，大家都在談快樂的詩，那我就來讀首沉默的詩。沉默，才是詩存在的依託。

龍青：是內心的流亡嗎？

商禽：隨時發生變化。沒有任何一個方程式可以列出它的存在空間。如同酒可以放進任何瓶子一樣，只在你如何詮釋它。逃亡的所在之意，如老莊，存在的中心品質很高。我記得早年有人這樣寫過許信良的逃亡：「不是怕他逃走，而是怕他回來。」這句話也讓我感觸很大。

龍青：再問一個膚淺卻感性的問題，您對台灣女詩人的詩有何感受？您對愛情還有憧憬嗎？自羅英走後，您長年孤身一人，心裡仍有愛或恨嗎？

商禽：台灣女詩人（他沉吟）……最好的還是羅英。愛情？可我對愛情已經沒有憧憬了，也沒有恨。現在的作法是彼此避免接觸。避免無知與無知之間的摩擦。當然，摩擦也會產生新的力量，如同人們說我是超現實主義，但我只是非常現實主義。逃亡是一直存在的，就像風呼嘯，存在仍然擁有自身的能量。

（原連載於二〇一〇・七・二十七、二十八聯合報副刊）

註：相對於動脈，靜脈亦是安靜的流動。將這些轉化後的語言、物質載回到心臟，是潛移默化的循環。因此，從他體內（心臟）所轉化而出的語言應是「靜脈」的假設性語言。

讀詩人04　PG0558

有雪肆掠

作　　者　龍　青
責任編輯　黃姣潔
圖文排版　賴英珍
封面設計　王嵩賀

出版策劃　釀出版
製作發行　秀威資訊科技股份有限公司
114 台北市內湖區瑞光路76巷65號1樓
電話：+886-2-2796-3638　傳真：+886-2-2796-1377
服務信箱：service@showwe.com.tw
http://www.showwe.com.tw
郵政劃撥　19563868　戶名：秀威資訊科技股份有限公司
展售門市　國家書店【松江門市】
104 台北市中山區松江路209號1樓
電話：+886-2-2518-0207　傳真：+886-2-2518-0778
網路訂購　秀威網路書店：http://www.bodbooks.com.tw
國家網路書店：http://www.govbooks.com.tw
法律顧問　毛國樑　律師
總 經 銷　聯合發行股份有限公司
231新北市新店區寶橋路235巷6弄6號4F
電話：+886-2-2917-8022　傳真：+886-2-2915-6275

出版日期　2011年05月　BOD一版
定　　價　320元

國家圖書館出版品預行編目

有雪肆掠 / 龍青著. -- 一版. -- 臺北市：釀出版,
2011.05
面； 公分. --（語言文學類；PG0558）
BOD版
ISBN 978-986-6095-20-7（平裝）

851.486 100008263

讀者回函卡

感謝您購買本書，為提升服務品質，請填妥以下資料，將讀者回函卡直接寄回或傳真本公司，收到您的寶貴意見後，我們會收藏記錄及檢討，謝謝！
如您需要了解本公司最新出版書目、購書優惠或企劃活動，歡迎您上網查詢或下載相關資料：http:// www.showwe.com.tw

您購買的書名：________________________________

出生日期：________年________月________日

學歷：□高中（含）以下　□大專　□研究所（含）以上

職業：□製造業　□金融業　□資訊業　□軍警　□傳播業　□自由業
　　　□服務業　□公務員　□教職　□學生　□家管　□其它______

購書地點：□網路書店　□實體書店　□書展　□郵購　□贈閱　□其他

您從何得知本書的消息？

□網路書店　□實體書店　□網路搜尋　□電子報　□書訊　□雜誌
□傳播媒體　□親友推薦　□網站推薦　□部落格　□其他__________

您對本書的評價：（請填代號　1.非常滿意　2.滿意　3.尚可　4.再改進）

封面設計____　版面編排____　內容____　文／譯筆____　價格____

讀完書後您覺得：

□很有收穫　□有收穫　□收穫不多　□沒收穫

對我們的建議：________________________________

____

____

____

請貼
郵票

11466
台北市內湖區瑞光路 76 巷 65 號 1 樓
秀威資訊科技股份有限公司 收
BOD 數位出版事業部

（請沿線對折寄回，謝謝！）

姓　　名：＿＿＿＿＿＿＿＿　年齡：＿＿＿＿　性別：□女　□男

郵遞區號：□□□□□

地　　址：＿＿＿＿＿＿＿＿＿＿＿＿＿＿＿＿

聯絡電話：(日)＿＿＿＿＿＿＿＿ (夜)＿＿＿＿＿＿＿＿

E-mail：＿＿＿＿＿＿＿＿＿＿＿＿＿＿＿＿